하루에서 온 편지

정유정 시집

문학세계사

하루에서 온 편지
정유정 시집

발행일
2023년 10월 27일   초판 1쇄

지은이   ● 정유정
펴낸이   ● 김종해
펴낸곳   ● 문학세계사
출판등록   ● 1979. 5. 16. 제21-108호

주소   ● 서울시 마포구 신수로 59-1(04087)
대표전화   ● 02-702-1800
팩스   ● 02-702-0084
이메일   ● munse_books@naver.com
홈페이지   ● www.msp21.co.kr

ISBN 979-11-93001-32-5   03810

□ 시인의 말

가을이 창 앞에 와
붉은 손 내민다.
저 손 잡으면
내 아이(詩)들도
온 산 물들일 수 있겠다.

산 안에 계신
어머니께 바친다.

2023년 가을
정유정

□차례

I

III

IV

I

해변의 미풍

먼 나라에 가보지 않아도 안다
대양을 건너온 미풍이
얼마나 이국적인지,

아라비아의 푸른 보석빛 회랑에서
어느 섬세한 손짓이 보내는 듯
해변의 미풍은 부드럽고 상냥해라

내 아직 여물지 않은 날
바다의 설렘 처음 만난 날
세상 모든 바람은 저렇듯
세상 모든 온유를 거느린 줄 알았지

기억 속 또 하나의 바람은
우레와 함께 몰아치던 폭풍
그저 아득히 감당할 수밖에 없었던
그저 아득히 눈물일 수밖에 없었던,

해변의 오후,

겹겹 엷은 바람의 이유 모르지만
눈 감아도 느낄 수 있는
함정 없는 사랑처럼
미풍이 불어오던 첫날 믿었던

그 '고귀하고 소중한 신뢰'

저렇게 밝은 창*

"아, 저 창문은 얼마나 반짝일까!"

이런 말을 듣고
창을 닦지 않는다면
당신은 시냇물 흐르는 소리도
물방앗간 아가씨의 사랑스런 발소리도
듣지 못하겠죠

창을 닦아요
창을 닦은 것이 언제였나요
창은 보지 않고 늘 바깥만 보았을 당신

시냇물 흐르는 숲으로 가요
물방앗간은 없어도 방황하지 말아요
마음속을 시냇물로 채우고
찰랑찰랑
물소리를 들으며 돌아와요
햇빛 비치는 창문 아래
파란 꽃들이 피어있어요

사냥꾼은 오지 않아요
결코 오지 않아요
안개 걷힌 초록 길 따라
명랑한 꽃들의 춤 길 따라
아름다운 물방앗간 아가씨를 부르며
즐겁게 돌아와요

* 슈베르트 가곡 〈아름다운 물방앗간 아가씨〉 20곡 3번 중에서

찔레

저 수려한 풍경 속, 나와 내 주변 모두가 평화로웠으면 합니다

일상에서 놓쳐버린 기억도 흔적이 남고 손에 잡히지 않던 새벽 공기가 폐부 속 서늘한 촉감으로 남아 있듯 날카로운 가시 끝 꽃잎은 아픔으로 남아 있습니다

오래 안식한 이 들판이 세상의 중심이었나요
거센 바람이 사방에서 옵니다 온몸의 가시가 꽃잎을 찔러요 분명 옷을 입었는데 바람은 날카롭게 속살을 파고듭니다 평범한 들녘 한쪽 이리 많은 상처가 숨어 있는 걸 그대는 알고 있나요 기도로는 도무지 견딜 수 없고 조롱하던 새들도 보이지 않아요

멀리서는 아무도 이곳을 가늠하지 못합니다
가까이 와 부드러운 바람을 주세요
가까이 와 찔레의 손을 만져주세요

별 4

단 한 개의 별이 하늘에서 뛰어다니고 있는 그림을 그렸다 배가 고프면 과자를 먹고 목이 마르면 하나밖에 없는 샘에서 물고기인 양 헤엄쳤다 생각은 정처 없고 몸 안에선 애끓는 소리가 조그맣게 들렸다 오감이 닫혀 있는 동안은 문밖이 어두워져도 무섭지 않았다 문득 아버지의 기침 소리가 궁금했지만 책더미처럼 지키고 서 있던 허기는 내게로 몰려왔다 고약하게 미끄러지던 이 끼 길도 변하고 시든 꽃은 다시 태어나 청년같이 젊어 졌는데 홀로, 손바닥으로 가릴 수 있는 조그만 도화지 하늘에서 금빛 옷을 입고 뛰어다닌들, 그런 그림을 그린들, 외로움의 꼬리만 긴 한숨 시간마다 바삐 자라나 는데 아버지가 지키고 있는 이곳에서는 함부로 잘라줄 수 없는 일, 누군가 세워주지 않으면 일어날 수 없는 풀 잎처럼 고요히 눈 감을 수도 없는 일, 그래서 지난 일은 머릿속에 남겨두지 않고 날마다 다시 일어나 캄캄한 밤 하늘에서 혼자 통통 뛰어다니는 별

별 5

저녁별과 나란히 앉아서 기다렸다
노을이 어둠 속으로 사라진 뒤
별과 나는 높은 산마루에 앉아
우리의 꿈을 기다렸다

하나둘 마을의 등불 꺼지고
바람이 가볍게 불어왔으나
우리가 기다리는 꿈은 쉬 오지 않았다
춥고 어두운 시간을 넘듯
어설픈 밤 구름이 지나갔을 뿐
그것이 잠시 우리를 갈라놓았을 뿐

마치 고도*를 기다리듯
지루하게 기다렸다 그러나
아무것도 오지 않아
별과 나는 각자 집으로 돌아갔다

새로운 아침이 왔을 때
별도 나도 태양은 보지 못한 채

문을 닫고 말았다 금빛 태양이
우리의 꿈일 거라는 생각은 하지 않았다

별과 나는 눈물이 보일 만큼 거리를 좁혔다
꿈이 나타날 미래에 관해 서로 말하지 않았으나
저녁마다 별이 뜨면 습관처럼
나란히 산마루에 앉아
아름답고 찬란한 내일의 꿈을 기다리는 것이다

* 사뮈엘 베케트의 희곡 〈고도를 기다리며〉에서 주인공들이 기다
리는 인물

별 6

조그만 별이 있는 책상 위에 한쪽 팔로 턱을 괸 채 책을 읽고 있었다 쓸쓸했다 별은 내내 말이 없어 하늘로 돌려보낼까 생각했으나 길이 멀 것 같았다 "그래, 참 먼 길이지!" 중얼거리며 그냥 책을 읽었다

아침부터 마당가에 맴돌던 바람이 창을 넘어 휙! 별을 낚아채 달아나 버렸다 나는 글을 읽고 있었고 별은 말이 없었으므로, 우리는 사소한 교통도 없었으므로 아무렇지 않을 줄 알았다

책상 위가 스산해졌다 생각은 겹쳐지고 한 줄 글자를 여러 번 반복해서 읽어야 했다 머릿속에서 무언가 썰물처럼 빠져나간 것 같았고,

소란스레 두통이 일어났다 높게 선 느티나무 그림자는 창을 가렸다 서쪽으로 길 떠났던 사람들이 지나갔으나 별의 안부를 말하는 사람은 없었다

언제나 제자리에 있던, 무심히 눈 속에 가둬두고 잊어버렸던

아, 나의 별!

쏜살같이 집 밖으로 뛰쳐나갔다

짧게 끝난 노을과 함께 수풀 속에 숨은 종이별을 찾
아와 책상 위에 앉혀 놓았다 눈빛은 정돈되고 혼자 먼
저녁별을 보러 나가지 않아도 되었다 바람이 쓸쓸히 불
어왔고 나는 다시 책을 읽었다

별이 찾아간 길

너무 붉어
격렬하게 싸웠던 시간을 기억하나요
눈 뜰 수 없었던 여러 해
목소리도 들을 수 없었던 여러 해
버려두었던 행간 채우듯 가을비 오고
끝없이 떠오르는 말 뿌리 저 아래
새로운 말이 자라고 있어요

급하지 않아도
당신 무덤은 막혀 있지 않았을 텐데
거기, 가는 길에 꽃이 피어 있었나요
바닷가 마을 떠올리고
뒤돌아보았나요

아무도 그곳 지도는 갖고 있지 않았죠
노래가 울음을 가려 주던 그날
서로 자유로운 여행 시작하던 날
묶여 있던 사슬 풀고 우린 작별 인사만 했었죠
지도 없이도 그곳에 잘 도착했으리라 믿어요

새별이 보일 때마다 가슴 뛰었답니다
당신 별은 얼마나 반짝였을까요
언젠가 보이지 않게 될지 아는 이 없지만
가을 들녘 차가운 바람은 기억하고 있어요
당신이 누비고 다니던 샛길엔
아직 하얗게 달빛 내려요

별을 찾아가는 길

지상을 떠난 별들은 모두 다
그곳에서 환하겠군요
미안해요
묘비명 아래 아무것도 남길 수 없어
몇 방울 눈물만 두고 갑니다

깊은 폭포에 다다른 후
종적 감춘 물의 길처럼
이제는 그대 발이 보이지 않아요
나를 찾아 되돌아오는 길은
이미 구름문 밖일 테죠
천 일, 만 일이 하루처럼 지나가더라도
영혼의 상처부터 치료하세요
햇빛 밝게 비치는 곳, 어느
상냥한 이의 거처에서 쉬고,

아주 쉬고 다시 아름다워지세요
내 단아한 주름 몇 개가
조용히 만들어지는 시간, 당신은

이곳을 떠난 별들 중
가장 찬란하게 반짝이세요 그것이
내가 당신을 찾아갈 수 있는
유일한 길인 걸 아세요

사랑, 그 정체停滯의 시간

끝까지 타오르지 못한 사랑이 멈춘 순간부터 영원은 조금도 다가오지 않고 나는 구름처럼 공중에 뜬 채 잡히지 않는 하루하루에 머물러 하늘과 땅이 이어진 평원, 해지는 곳을 끝없이 바라보고 있을 뿐

온종일 눈 속에 일렁이는 것 강물처럼 두런거리며 안기는 설렘 하염없고 강가 돌 더미 같은 사랑의 무게 아무리 많은 눈물 흘려도 가벼워지지 않고

곧 사라질 노을 같은 사랑 허공에서 뿌리 없이 나부끼는 붉은 구름 같은 사랑 어제도 내일도 다시 볼 수 없는 아득한 정점에 잠들어 깨어나지 못하고 언제나 지금은 영원의 시작임을 알지 못하고

소년의 향기

　─강렬한 빛을 찾아낸 건 소년의 오류가 아니었다.
소년이 안주한 가장 넓은 곳, 가장 깊은 곳, 가장 익숙한
곳 어디에나 태양이 비치고 있었다.

　소년이 오월의 강에서 처음 만난 건
　태양으로부터 온 빛이었다
　소년은
　강 위에 깔린 파랑波浪, 아우성 따라
　윤슬을 헤치며
　깊은 곳으로 들어갔다

　물소리는 가볍고 산뜻했다
　강은 커다란 해를 고스란히 담고
　소년의 몸을 어루만졌다

　태양이 물을 넘고 바람이 숲을 넘고
　아침이 소년을 넘고 있다

　소년의 눈동자는

세상 어떤 빛보다 밝았고
소년의 볼은 붉은 복숭아처럼 탐스러웠다
그의 말은 힘차게 흐르는 강의 소리,
투명한 아침 새소리 같았다

소년은 늘 사색했다
선인先人의 글을 수없이 읽었고
'존경과 의무'를 따르고 지켰다

가슴속은 용맹과 열정으로 타올랐다
그 화염은 향기로웠고
머릿속엔 지혜의 샘이 초록빛으로 흘렀다

강은 소년의 시간을 기억해 두었고
강은 소년의 목소리를 기억해 두었고
강은 소년의 몸을 기억해 두었고

태양이 숲을 넘고 바람이 물을 넘고
한낮이 소년을 넘었다

소년의 시간은
기우는 햇살 속에 쓸쓸해져 갔다
밤은 구슬픈 꿈으로 기다리고
물러나 돌아갈 수 없는 날짜는
더 깊은 강으로 소년을 데려갔다

노년은 소년이 오는 소리를 들었다
노년은 소년의 발소리를 가볍게 듣지 않았고
소년을 향해 예를 다하였다

푸른 잔디가 금빛으로 변하고
노년의 목소리는 무게를 더하고,

가을 저녁 풍경은 뭉클했으나
곧 어스름이 왔다
노년은 소년이 남긴 글귀를 떠올렸다
'참으로 소중한 사람아'
노년의 미소는 온화하게 빛났다

노년은 소년의 지혜가 머무르는 시간
자아의 사랑이 온전하게 머무르는 시간

'참으로 소중한 생명의 사람아'
소년은 노년에게 그의 향기를 전했다
향기로운 그의 시간을 전했다

강은 천천히 흘러갔고
태양은 오래 소년을 지켰다

미늘

그때
미늘이 물고기의 입속에 걸리는 순간
온몸이 진동하고
핏줄은 에이리언처럼 꿈틀거렸으니
너는 생업 어부의 탈을 쓴
시커먼 살생자로 전락하고 말았다

노을, 갯바위, 긴 편지,
환상의 조각들과 뒤섞여
수 없이 내가 울던 여러 날
욕망의 수레는 온 세상 바다에서
거칠고 사납게 너를 끌고 다녔지만

실상, 생사 시나리오 안에서
넌 스스로
미늘에 걸려 요동친 물고기
자주 영혼이 찢어졌음을 알지 못했네

잡힌 물고기와 잡던 물고기가

한 줄에 꿰어져 대롱대롱 허공에 걸린
그 무시무시한 꿈을 꾸기 전까지는

사자使者의 발아래 엎드려
검붉은 울음 토하기 전까지는

공연한 허공

숲속 벤치는 아직 따뜻하다
몇 사람이 다녀간
남은 온기 위에 앉는다 그들이 즐거웠던지
슬픈 맘을 나누었는지는 알 수 없다
가을밤 허공은 별들의 그늘
검은 실루엣의 숲은 차갑다
조그만 신발로는 덮을 수 없는
캄캄한 하루를 내려다보고 있다
라고 쓴 일기를 떠올린다

흐릿한 비밀처럼 허공에서 맴도는
시간으로 포장된 기억들,
가라앉히거나 밀어 올려야
끝날 일기, 목 안에 걸려
내뱉지 못하던 단어들이 아무렇지 않게
뭉클, 기억의 다른 쪽에서 두더지처럼 튀어나오는
저 공연한 허공

허무는 완벽하게

짙은 물안개 덮인 곳을 끝없이 걷고 있었다 포근하여
벗어나고 싶지 않은 꿈속, 갑자기 가벼운 천을 밟고 선
듯 두 발이 미끄러지며 떨렸다 안개는 하얀 이불처럼
온몸을 말아오고, 나는 이 잠이 깨면 새벽 동틀 때까지
다시 잠들 수 없으리란 걸 알고 있었으므로 더 깊은 안
개를 따라 달렸다

떨리는 두 발은 허공을 휘저었다 흔들리는 돛단배 같
았다 멀리 구름문이 열리고 그 아래 푸른 물너울이 보
였다 디뎌지지 않은 발은 단단하게 닿을 곳을 찾았으나
아무런 느낌이 없었다 궤적 없이 허적거렸다 슬펐다 잠
에서 깨고 싶었다

저 구름을 벗어나면 나는 깊고 깊은 물길로 낙하할
것이다

아무것도 잡을 수 없다는 것
아무것에도 기댈 수 없다는 것
살아있으므로 느껴야했던 허무,

아름다운 미지는 없었다 안일한 낯섦과 동행하지 않

았어야 했고 꿈 없는 다디단 잠은 아무 때나 잘 수 없다
는 걸 알았어야 했다 나는 완벽한 허무와 함께 있었다

가을에 전합니다

가을이 붉은 잎들을 포개 노을바다에 내려놓고 물러가려나 봅니다 나뭇가지 사이 차갑고 따듯한 바람이 두 손을 흔들며 서성입니다

아무도 모르는 봄 길, 수천 가닥 향기로 시작했던 사랑을 당신은 기억 하나요 문밖 느릿한 시간 위 낙엽처럼 빠르게 퇴화한 사랑은 가닥가닥 끊어지다 남은 하나의 끈에 매달려 흔들립니다 그러나 갈수록 진화하는 정신은 잠에서 깨어날 때마다 다시 말짱해지네요 멀어졌던 기억 한순간이 머릿속에서 폭포처럼 쏟아지면 고단한 영혼은 쉴 수가 없군요

당신의 가을은 어떤가요 저 노을 가고 나면 푸른 달빛 온몸에 두르고 눈 감아 보세요 다시 스쳐 가는 기억은 성실하고 완벽한 음악같이 무언가 말해 줄지 몰라요

눈가에 남은
봄꽃처럼 향기로웠던 사랑
붉고 푸른 양손 안 아직도 살아 있는 사랑
지금도 만져질 테지요

샤갈의 마을에 눈이 내린다

끊임없이 내리는 눈 속에
바다가 떠 있다
사라끝*, 푸른 파도가 밀어내는 포말 두르고
샤갈의 '눈 내리는 마을'을 그리던
어린 내가 있다
종이 위에 사각거리던 눈 털면

해안절벽 아래
바다는 일렁이지 않는다
설산 위 하얗게 빛나는 태양이
나를 가두는 사이
눈의 속절없음을 읽고
눈보다 가볍게 설렘이 가는 사이
격렬하게 반항하던 그림들은
눈길 따라 사라끝으로 향한다

그쳤던 눈 다시 내리고,

짐작할 수 없이 먼 곳에서

무한의 평안이 달려와 문을 두드린다
해도
오늘 밤은 눈 속에서 젖은 몸
문밖에 세워놓고

마침내, 완벽한 한 폭의
'눈 내리는 마을'을 완성할 일이다

* 구룡포의 지명

자작나무 한 그루, 길 위에 멈추다

오래 떠돌던,
어디에고 멈출 수 있는 발이었다
안식해야지, 홀로 눈길 서성이는 밤은
혼곤한 달의 시간,
눈 덮인 산맥 아래
소년의 눈물 같은 저 맑은 영혼
어디에서 왔을까

분노의 원인을 모르고
바람의 원인을 모르고
낡은 몸, 낡은 옷의 원인을 모르고
길이 무엇인지 모른 채
자작나무 한 그루 여기까지 왔을까
낡은 옷은 벗어버리면 그만인 것을
분노도 슬픔도
모두 벗으면 그만인 것을

그에게 기대어
체온을 나눠도 따뜻할 리 없고,

낯선 사람들 대화를 듣듯
그의 슬픈 말 이제 아무렇지 않다
홀로,
벗은 몸 부끄럽지 않다

만날 수 없다

하얀 쟁반에 소복이 쌀을 쏟아놓고 쌀이야! 살이야!
쓰다듬던 할머니, 할머니 손은 쌀처럼 하얗고 주름이
많고 살은 별로 없었다 지금은 만날 수 없다

저 많은 별 중 네 별은 없어, 하늘 가득한 별을 보며
그 애가 말했다 놀라 소리치는 내게 그 애는 다시 말했
다 네 별은 내 가슴 속에 살아!
지금은 그 애를 만날 수 없다

'바후발리*'에서 본 파랑 나비 떼, 온 들판 쏘다녀도
깊은 숲 맴도는 햇빛 속에도 없다 빛나는 파랑, 만날 수
없다
머릿속에 저장된 기쁨과 슬픔은 어디 가서 만날까 무
수히 많은 만날 수 없는 것들, 산더미처럼 쌓아둔 책 속
에서 잃어버렸던, 꼭 찾아야 할 비밀!

* 인도 영화

사월 4

바람이 자욱하게 불어왔다
팔을 크게 벌리고
아무도 없는 거리로 내달렸다 무언가
옷 속에서 풍선처럼 둥글게 부풀었다
옷을 벗고 싶었다

아주 밝은,
익숙한 회색 바람이
하늘과 거리를 휩쓸었다
엷은 시폰에 감긴 두 팔로
바람 소리를 잡으려 휘저었다
마치 꿈속 같았다

태양이 낮게 떠 흔들리고

가슴 깊은 곳까지
바람은 펄럭이며 들어왔고
날리듯 끌리듯 바람에 쓸려
여미어지지 않는,

풀어헤친 마음 안쪽
푸르고 흰나비 떼 끝없이 날아올라
감당할 수 없었고

사월 5

보석 가게 앞에서 멈췄다
한참 서 있었다
무표정한 주인은 안에, 나는 밖에 있었다
아무 교감도 없었다

움츠린 발길은 두어 블록 지나
꽃가게 앞에서 다시 멈췄다
주인이 달려 나와
활짝 꽃처럼 웃었다
분홍빛 진홍빛 제라늄을 샀다

보석을 사고 싶었는데
꽃을 사고 말았다

사월이었다 허리 굽혀 안은 꽃은
순식간 나의 식구가 되었고
가슴 깊은 곳까지
보석처럼 반짝이는 시내가 흘렀다

사월 6

꽃 속에
사월의 시간이
바람과 함께 갇혀 있었어
산들산들 날아가는 너의 시간을
꽃처럼
내 안에 가둬두고 싶어

방금 지나온 길 무심코 돌아보니
포―하고 꽃이
하얀 바람을 토했어
아마 한숨이었을 거야
내가 저를 보지 않고
그냥 지나쳤거든

은자隱者의 기별

그래요, 내 사랑!
상대를 긍정하는,
이런 말을 하나요
당신은 행복한 사람입니다

다정하고 진실한 눈빛으로
모르는 이를 보아준 적 있나요
모르는 이에게서
따뜻한 눈빛을 받은 적 있나요
당신은 행복한 사람입니다

천사의 날개 속에
무언가 감추고 싶거나
아무것도 감출 게 없거나
천사를 알고 있다면
당신은 행복한 사람입니다

붓다의 숨소리

불빛 없는 법당,
저 깊은 잠이 든 이 누군가

고요한 격자문 아래
청명한 숨소리 들리지 않고
귓전 스치는 산바람만 어두워요

인적人跡 멀리하고 침묵하는 이여
이끼와 늪과 숲이 말해요
오동꽃 신비로운 향기 밴
기인의 칼춤은 보지 마세요

끝내 깨지 마세요
쏟아져 내리는 꽃이삭 안고
사람 웃음 적요하지만
이미 두 발은 구름 위예요
법 곳간 가득 큰 숨은
내일 쉬세요

하루에서 온 편지

썰물에 밀려간 바다를 뒤로한 채
얼마나 걸었을까
식은 발 멈추고 돌아본 새벽길
잘리고 없다

돌아갈 길 지도가 없다
흑점처럼 스치며 반복되는 두려움
천 개의 산을 넘고,

발바닥은 굳어지고 시간은 말랑했다
낯선 길 지날 때
가시처럼 돋아나던 까닭 많은 슬픔,
무겁게 짓누르는 어제조차
하루라는 생을 얼마나 괴롭혔던가
저녁놀이 질 때까지
수많은 생물 속에 섞여 얼마나 젖고
얼마나 목말랐던가

낮이 벌여놓은,

곧 유실될 시간을 통과하고
남은 무게는 버려둔 채
밤이 오는 속도로 뛰어간다

별이 뜨자 단호하게
일몰을 부추기는 하루, 긴 편지! 그리고
위로의 행간에 떠 오른

'밤이 그 모든 은총과 신비를 내게 풀어주었네'*

편지는 따뜻하게 봉인되고
바다는 순응하는 양처럼 돌아왔다

* H.W. 롱펠로의 시 「햇빛과 달빛」 중에서

바다로 가는 춤

눈을 감고,
빗소리를 듣고 있었을 뿐이다
쇼스타코비치의 왈츠를
듣고 있었을 뿐이다

끊임없이
냇물 위로 떨어지는 빗방울 따라
춤추며 걸으며 바다로 왔다

파도는 지금도 맨발,
새빨간 노을에 잠긴 채
파도처럼 춤추며 바다로 왔다

바다는, 그래
이리 먼 곳에 있었지

출렁거리며
간간이 끊어지는 춤
물끄러미,

바다로 가는 기차도 멀어지고,

어디서 찾아야 할까
신기루처럼 사라진 푸른 숨

점점 작아지는 빗소리

예사로운 일

눕고 일어나는 것
재채기하거나 눈을 껌벅이는 것, 혹은
열매와 뿌리가 떨어져 있거나,
그런 광경을 골똘하게 보게 되는 일은
자연스러운 일

흐드러진 꽃잎을 밟고 가거나
뜻 없는 몸짓 저 건너
강물 출렁이거나
버리거나 다시 줍거나

두꺼운 유리잔 속에 들어앉아
맑은 포도주를 흘리고, 그것이
잘 닦여진 마루를 훑고 가는 바람을 보거나
오래 찔끔거리고도 남은 눈물을 닦거나

가끔 돌부리를 걷어차고 싶은 충동처럼
한참 휜 대나무를 탁
놓아버리는 일처럼

시도 때도 없이 일어나는
의구심, 구토, 잔혹하지 않은 형벌
그것은 일상에서

예사롭게 일어나는 일
다만 어떤 시간에 일어날지 모를 뿐

사발 하나가 공중에 떠 있다

가령,
어떤 사물들이 바닥에 닿지 않는 광경을
어디서나 볼 수 있다면
공중 유영하는 사발 하나쯤
아무렇지 않을 것이다
별것 아닐 것이다

구름 잠깐 웃고 가겠지
오래 머물 수 있는 하늘 아니어서
슬쩍 비 한줄기 뿌리며
아는 체하고 지나가겠지

사발 받쳐 든 두 손을 가리자
사발만 공중에 떠 있다

작두 위 춤추던 여인은
귀신 부르는 주문 대신 발 디딜 땅을 불렀다
사발 안엔
수많은 구름이 거두어 온 물 가득하고

걱정 말거라 걱정 말거라
구경하던 사람들도 한순간
여인이 뿌리는 사발 물로
순식간 세례받고
공중 부양하고 잠깐 도통-道通하고

모두 동지가 된 듯 서로 든든하다
무엇보다 헛헛하던 속 꽉 차서
아하!
쓸모없는 근심은 금방 잊히고

숲은 문이 없다

오랜 세월 저 위대한
홀우룩빗죽새*가
잊지 않고 우릴 도와주었죠

말미암아
방방곡곡 내 선조의 자손들
수백, 수천 대!
그리하여 이 몸도
수를 누리려 힘차게 삽니다

하늘 아래 터전 없어 헤매는 이
여기로 와 함께 삽시다

이곳은 사방 문이란 게 없으니
잡다, 난해한 생각 멈추고
홀우룩빗죽새처럼 날 찾아오세요

은둔으로 접은 날개 몰라보지 않을 테니

온 세상 소문처럼 날 찾아오세요

＊직박구리

노랑에게는 의문이 생기지 않는다

　따뜻하다 허파에 들어온 바람이 따뜻하다 저린 심장 쓰다듬고 가는 말들이 창밖에서 개나리처럼 피었다
　따뜻한 바람은 노랗다 마음은 꽉 차고 머릿속이 텅 빌 때, 비어 즐거운 곳에 노란 프리지아를 가둔다 멀구슬나무가 초록 열매를 달고 있는 시간, 햇빛이 거기에만 내리꽂히는 걸 본 적 있다 노란 태양은 노란 열매의 어미인지 모른다 시각 통해 내 심상에 날아와 앉은 푸른 나비를 노랑으로 바꿔야겠다 하고 그림을 그린 적도 있지

　오래 얼고 있는 눈을 밟으면 뼈가 얼었다 부서지는 소리가 난다 밟으면서 아픈 자리에 노란 털스웨터를 깔아 놓았다 몸속 어딘가 나도 모르는 상처가 있다 해도 언젠가는 치유의 노랑을 만날 수 있을 것 같다 고흐의 붓끝에서 태어난 노란색은 어쩌면 아물지 않은 그의 상처를 따뜻하게 치료했을 수도 있다
　카멜롯의 야경 같은 금빛 등불의 도시를 알게 된다면 나는, 그곳으로 가는 배를 타고 행복해할지도,

갓 돋아나 팔랑이는 잎을 본다 세상 모든 시작은 노란색으로부터가 아닐까, 어릴 적 봄꽃 열리는 소리를 들으려다 폭 하고 터지는 꽃 속에서 노란 웃음이 입안으로 까르르 쏟아지는 느낌을 받은 적 있다 입술이 간지럽고 부끄러웠다 나는 꽃의 숨을 먹은 것 같았다

허허벌판에서 기억 없이 말라가는 늙은 나무를 위로한다 그의 생 처음은 노랗고 따뜻한 봄에서 시작되었을 것이다 긴 겨울마다 얼음 시간 견디며 새로운 노랑을 기다리고 있었을 것이다

보고 있으나 내가 느낄 수 없는 색도 있을까 신은 교묘하게 노란색을 따뜻하게 만들었다 살아있는 색깔 중 노랑이 빠진다는 생각은 어렵다 봄이 왔다 햇빛 아래 눈을 감았다 떠 본다 노랗다 천지가 온통

영혼의 모양 2

누구에게든 말하오
내 평화로운 문을 닫지 말아 주오
갖가지 영혼의 모양이 아직
저 문밖에 있다오
거기서 내 것을 찾아야 하오

꽃의 모양도 있었으면 좋겠소
보석처럼 반짝이는 영혼, 참 멋지지 않소
산이 좋겠소
나무, 돌, 그런 것도 괜찮아
내 마음대로 고를 수 없다면
신에게 맡겨야 하겠지만

파도나 바람 같은 모양도 있을까 궁금하오
고결한 영혼의 모양은 어떤 것이오
세상 사는 백 년 동안 무엇을 하며 살아야
솔로몬의 옷보다 더 고운,
백합 같은 영혼을 가질 수 있소

바람이 불고 있소 파도가 크게 일면
바다가 성난 거라 잘못 생각하지 마오
나름대로 춤을 추며 운동하는 거라오
그래야 바닷속 생명들이 살아갈 수 있소
내 영혼의 모양은 바다 같았으면 좋겠소
감히 하는 말이요 가끔은

사랑하는 아이들의 모습이 좋겠다는
생각도 드는구려
언제나 철없는 내 영혼
아이들이 잘 돌봐줬으면 좋겠소

바람은 아니 되겠소 달 밝은 가을밤
대숲을 흔들 때는 너무 쓸쓸하고
봄바람은 가슴이 간지러워
견딜 수 없으니 말이오

세모나 네모, 원, 불이나 곡식
선하고 따뜻한 웃음도 좋소

인간에게 필요한 것이잖소
흉악한 존재 그 어떤 모습만 아니라면
아무거라도 좋겠다는 생각도 드오

이생을 지나는 동안
영혼의 참 모양을 찾아야 하오
복사꽃 아래서 오늘은 책을 읽고 있소
책 속에 영혼의 모양이 숨어있을지 모를 일이오

누구에게든 말하오
부디 이 아름다운 문을 함부로 닫지 마오

월광*

—심오해지지 않으면
베토벤은 귓전 스치고 지나가는
바람일 뿐이라고,

끝없는 몽상 속
환희의 악보는 무더기로 살아난다
정교하게 건져 올린
수천 조각, 빛이 두드리는 완전한 세계

아마도 달의 변신이었을 것
루체른 호수의 변신이었을 것
범람하는 달빛으로 푹 젖은
차마 젊은 남자여,

후일의 슬픔이
그의 청춘 위에 미리 와 있었을지라도

아무도 넘지 못할 빛에 취해
끝없이 두드렸을 피아노포르테

심오해지지 않아도
질기고 완곡婉曲한 숨소리 들린다
무심한 시간 다스리는,
달의 숨소리 들린다

* 베토벤 소나타 14번

공중무덤

센강 물소리를 따라가는
파울 첼란, 그의 발자국과 함께
죽음의 푸가*는 시작된다
오랜 잠 속

물소리는 불소리에 섞이어 무겁다
물소리는 흙빛이다 그것은
첼란이 갇힌 수용소처럼 두꺼운 벽에
가려져 있고

검은 우유, 검은 뱀, 바이올린,
총으로 모두 쏘아버린 후
커다란 불덩어리로 공중을 판다

넓고 길게 그를 눕힌다 그 곁에 앉아
검은 머리카락, 아름다운 이름으로
죽음을 연주한다

공중무덤은 점점 무거워진다

물소리도 점점 무거워진다
잠은 깰 수 없고
죽음의 푸가는 되풀이된다

오! 추락하는 무덤,

* 파울 첼란의 시

민들레 홀씨 2

붉은 해가
허리만 남겨둔 언덕 아래
안개 빛깔로 살아 오르는 날개들
가볍다

언제 죽음이 쳐들어온 지 모르는
저 까칠한 고갯길에서
환골탈태
장만해 두었던 수의도 던져놓고 훨훨
백골은 더 가볍다

아무 데도 더듬어 안주할 곳 없던가요
아무 데도 더듬어 떠날 곳 없던가요

셀 수 없는 날짜를 건너온
민들레 홀씨를 안고
바람으로 휘몰아와 되묻는 수의

날아오르는 높은 기억 지우고

흙빛 구름 한 겹 껴입고
이제 깊은 곳으로 내려가세요
깊은 물 가장 무거운 곳에서
고요히,
고요히 가라앉으세요

눈사람 3

—여기 하나의 사슬이 있어서
그것이 풀리면 피가 흐르는 것을*

겨울 세상,
내가 잠드는 곳 자주 창문 열리고
그의 모습 조금씩 허물어진다

빛나는 아침 들판과
희미한 달무리 밤 언덕과
발끝 닿던 사방,
내가 부려놓았던 시간 모두 핏빛이었으니
저 눈사람 따라가면 피의 흔적 지워질까

고통은,
이따금 찾아온 것이 아니라
일상적이었던 것, 살을 파고들던
살아가는 일 사슬 풀었을 때
온몸에서 배어 나오던 붉은 핏방울들,

허수아비처럼 선 눈의 사람
사람으로 산 눈의 시간
그의 몸속에선 새하얀 피가 흘렀을까
녹아 사라지며 핏빛 고통 보았을까

여기 하나의 사슬이 있어
그것이 풀리면 피가 흐르는 것을……

* 루치오 달라Luclo Dalla 작곡 〈카루소Caruso〉 가사 중에서

페넬로페*의 수의

캄캄한 무덤 빗장 열리고
거기, 소리치듯 들어서는 달빛
두렵지만 밤은 또 오고,

페넬로페!
정결한 수많은 밤들이
검은 치마 펼치고 하나의 달만 받고 있네요
헛소문이라 해도
죽지 않은 숨소리 들을 수 있다면
물어봐야 하지 않을까요
비밀 방, 비밀 수의, 다시 밤은 오고

쏟아진 물속, 온몸 젖어요
젖고 아주 젖어 베틀도 부드러운데
그가 죽은 소문은 꼭 밤에만 돌아오고,

그렇지 않은가요
수의를 푸는 밤이라니
깊은 밤, 아무것도 하지 않는 페넬로페는

어디에도 없어라, 아!
그런 밤마다 달빛은 기도처럼 뜨겁습니다

긴 치맛자락 위,
풀어헤쳐진 라이르테스의 수의는
날마다 비틀거리며 낯선 주검만 데려가네요
견고하던 밤도 짧게 남은 새벽
달빛 밀려가는 벽 밖에서
겹겹 절망 두른 밤이 다시 오는군요
하루에도 몇 번씩 잘라버린
질긴 밤이 오는군요

* 오디세우스의 아내. 전장에 나간 남편을 기다리며 여러 구혼자
를 물리치려 시아버지 라이르테스의 수의를 낮에는 짜고 밤에는 풀
며 남편이 돌아올 때까지 수년을 버티었다.

섬

—내가 태어나고 내가 죽는 걸 보게 될 섬 하나 가지
고 있다면
　나는 또 다른 어머니와 자식을 거느리고 있는 셈이다

　난감한 길을 들어 돌아보면
　방금 온 듯 등 뒤에서 토닥여 주는 섬
　들끓는 나를 위해 마음 눌러 잠잠해 주는,
　아주 옛날부터 너는 혼자가 아니라 하고
　오래 나랑 같이 살고 있는 섬

　하늘 끝 맞닿아 있다가
　어떤 화가도 그리지 못할 파랑을 보내
　아름다운 배경 만들고
　나부끼는 머리카락과
　파도, 바람, 선명한 혼과 함께
　바다 그림 한 폭 완성해 주는 섬

판다

가을 한낮을 판다
노을 든 서쪽 하늘과
가까이 온 종소리, 늦은 저녁을 하루에 판다

청량한 옹달샘을 노인에게 팔고
새벽 어린아이에게
보물인 양 숨겨두었던 미소를 판다
길 없는 산자락엔 오솔길 하나 내고
점등인 찾아 불씨를 판다

혈관 속 팔딱이는 설렘과
먼 곳에 둔 사랑은 아무 데나 팔 수 없지만
어제는 꽃 물든 바람이 내 시에 팔렸다

모든 걸 팔 수는 없는데
모든 걸 팔고 싶은 하루가 자꾸 찾아온다

가끔 시간이 맘대로 거슬러가
오래전 나를 팔기도 한다

흠결 없는 단어

통통한 빗방울이
통통 튀어 다녔다 나도 치마를 걷고
온 마당을 통통 뛰어다녔다
개구리가 울었다 볼록볼록 통통했다

작은 창 두드리던 달이 통통했다
산허리도 통통하고 구름도 통통했다
통통거리며 바다로 나간 통통배가
통통한 물고기를 수없이 잡아 왔다
그 집 아이들 볼은 새빨갛고 통통했다
목소리도 통통하게 살쪘다

묘지로 가던 바람이 통그물에 걸려
꼼짝 못 했다 나는 통통한 손 흔들어
할머니께 작별 인사를 했다 통통통,
거문고 소리를 내며 바람은 다시
할머니를 데리고 묘지로 갔다

통통한 빗방울이 튀고

아스팔트 위로 나온 개구리 떼가
마구 통통 뛰어다녔다

특별한 날 아니고서야 밤이
요란하게 깊어가지는 않는데
통 통 통
가슴 뛰는 소리가 너무 커
잠을 잘 수 없다

추억 느낌

생이 한 편의 탐험드라마라면 여러 번 조난과 극복 경험을 하게 되지 않을까요 조난의 여정 속에서 한 점도 상하지 않고 새파랗게 빛나고 있는 추억, 그 추억을 안고 있는 힘은 어디서 오는 걸까요 흐리고 우울한 날, 뭔가 엷은 한 겹 옷을 더 입은 느낌이 드나요 언 땅을 극복하는 조그만 식물의 발열 같은 힘을 가져 본 적 있나요

빠져들기만 하고 헤어 나올 수 없는 늪, 커다란 풍선이 날아와 함께 공중 유영하는 느낌이 든 적 있나요 생의 드라마는 우울하지만 그 드라마 안에서 건져 올린 추억 몇 편 있다면 따뜻하고 말랑한 무언가가 잡히지 않을까요 늘 바깥으로 지나가는 바람결 같은 기억만 생각하지 말고 내 속에 들어 온몸으로 돌아다니며 만져지는 그것, 촉감으로 남아 있는 추억을 잡아 보세요

이미지 1

망막 안에 또 다른 내가
이미지로 남아 있던 그 날
기억은 찢어낸 자투리로
가라앉을 뿐 아무런 의미 없다

달군 쇠붙이가 찬물 속에서 식다
이윽고 딱딱하게 변하고
조용해지는 것같이
그 흔적, 아무런 움직임 없다
애써 변명하지 않고 사진을 찢는 손가락 사이
줄줄이 묻어나는 거미줄처럼
오래 끈적거리는 상처,

이미지 2

눈 내리는 밤
홀로 돌아가던 발길과
봄 꽃길에서 잠깐
차가운 볼 만지고 가버린 미풍과
눈가에 머무르던 붉은 눈물, 그
알 수 없는 순간들은
무언가

접혀버린 수많은 사물과
위선과 상심으로 들끓던 초점이
점점 조용해지는 하루

살별처럼 떠올랐다
검은 물속으로 평온하게 가라앉는 저
알 수 없는 이미지는
대체 무언가

두려움의 절정

회색 하늘이 우울해 보이나요
몸 안으로
차고 쓸쓸한 바람 불어오나요
두려워, 우울한 얼굴 두려워
두 손으로 머리카락을 헤집고 있나요
틀에 박힌 몇 가지 위로로는
감당할 수 없어요 아예
회색 하늘과 함께 우울해 지세요

무언가
대담하게 당신 영혼 세상 침범하고
폭풍 언덕 히스크리프처럼
검은 망토 펄럭이며 뛰어오고 있나요
그럼 우리 같이 손잡고
천천히 폭풍 속으로 들어가 볼까요

꽃이 스러지고
흰옷은 검은 재로 변하고
사람들 모두 눈동자를 잃었다고요

그러나 어쩔래요
잠깐 사이 하늘에는 태양이,
바람은 향기롭고
수풀은 밝게 빛나고 있어요

당신의 두려움은 부끄러운 오버센스
어딘가 다다를 때까지
한참 느리게, 혹은 고요히
마음속으로 흐르는 시내를 따라가 보세요
두려움의 절정, 그 기억은
에코echo 없는 음악처럼 돌아오지 않을 거예요

두려움은 상냥하지 않아도
적은 아녜요 다만
눈부신 당신과 익숙하지 못할 뿐이죠

철갑옷

―스크루지라 불리던 한 사내가
자동차라는 철갑옷 속에서 죽었다

당신은 무쇠 금고를 들고
아무도 없는 사막으로 가려 했나요
거기 가서 무얼 하려고요
골짜기로 흐르던 시내가
사막 어떤 곳보다 말라버렸나요
빛나는 영혼은 버리고
쇠붙이 같은 몸으로 거룩한 강을 건너려 했군요

안녕이란 인사로 반갑게 만난 사람 없고
안녕이란 인사로 누군가와 헤어진 적 없는 당신
아무도 같이 걷지 않았죠

당신의 갑옷, 당신의 영혼은 재투성이
사막으로 가기 전 이미 앙상해요
외롭지 않았나요
겨울밤 묘지로 미리 가볼 걸 그랬어요

시간이 안아 일으켜 줄 때까지
고된 하루 어깨에 묻고 잠든 새들
그 빛나는 아침을 모르는 당신

가을 오후 따사로운 햇살이
사람들 눈 속에서 반짝거릴 때
기도하는 어머니
당신은 보지 않았고, 아예 보지 않았고

무성한 숲 드나드는 맑은 바람을
한 번도 먹어 본 적 없는
불가사리 같은 괴물

고통이 뭔지 몰라 슬퍼 본 적 없나요
눈물 흔적은요
사방 줄지어 선 묘지 앞에서
당신이 가장 슬프게 울어야 할 것 같군요

철갑옷 속에서는 볼 수 없었던
푸른 하늘을 덮어요
과거는 떠나올 수 있지만
미래는 피할 수 없는 것
두꺼운 철갑을 벗고
맑은 시내 찾아 발 담가보세요
폐쇄되었던 음성, 말문 열리고
어쩌면 당신 묘지도 따뜻해질지 몰라

당신의 갑옷, 당신의 영혼은 잿빛
안녕이란 인사로 다가오던
아름다운 한 사람
당신은 볼 수 없었고
아예 보지 않았고

음울한 어떤 날은 죽은 가인을
침엽수림에 묻는다

죽은 사람은 아직 살아 있다 흐린 날, 젖은 채 분명 그의 무덤이 보이지만 빅토르*의 사람들은 삶과 죽음을 다르게 생각하지 않는다 미완의 세계에서 투명한 그의 영혼과 같이 산다

　―나뭇가지를 타고 내리는 회색 비와 함께
　마지막 노래를 부른 빅토르,

태양은 땅속에 갇히고 음산한 빗소리에 짓눌린 사람들은 더 먼 곳에다 깃발을 꽂았다 거기 성벽을 쌓았다 침엽수림에 갇혀 날아오르지 못하던 새들을 서둘러 그곳으로 옮겨놓고 울었다
그가 가버린 땅에는 새카만 꽃이 피고 사람들은 검은 베일로 얼굴을 가렸다

　―찢어진 깃발 사이 질주하는 자동차, 난폭한 굉음이 멎었다 붉은 입술은 마지막 숨을 먹고 세상은 한데 어우러져 움직이지 않는다

죽기 위해 사는 일조차 아름답다 남은 생 놓아버리지
않고 사는 일 택한 당신이 아름답다 빅토르는 꿈속에서
말했다 아무런 연결고리 없이 그를 침엽수림 가장 쓸쓸
한 곳에 묻었다 둥지를 짓다 떠나버린 새를 위로하는
문장에서 그의 이름을 발견하지만 그는 이미 남아 있던
자신을 모두 거두어 갔다

그의 영혼은 청결하고 다정했으나 표면은 차가웠다
삭막하나 풍요로웠다 그의 노래 속 사람들은 기쁨으로
가슴 찢어지던 순간을 지금도 기억하고 있다
그들은 알고 있다
허상의 캄캄한 옷이 나날이 두꺼워져도
그를 위한 레퀴엠이 끝나지 않으리란 걸
그의 노래를 기억하는 한
세상은 끝나지 않으리란 걸

* 빅토르 최: 한국계 러시아 록 가수. 스물여덟 살, 자동차 사고로
숨졌다.

파경

그는
산문에 기대선
나의 눈앞으로 다가와
저녁노을 마주한 붉은 얼굴과
일몰 후의
쓸쓸한 표정을 비웃고 돌아섰다

창문으로 들어온 달빛을 밀어내고
어머니가 피워둔 모닥불을 꺼버리고

산들바람 부는 숲길도 막아버렸다

신께 기도하는 상처 없는 시간,
높다란 나무 위에
피 흘리는 제물을 올려놓은 후
벌거벗은 채
흙탕물을 휘젓고 다녔다

솟구치는 시기猜忌의 목소리는

여름밤 모기보다 따가웠고,
비열하고 불온한 독백으로
결 맑은 자작나무숲은 숨을 멈췄고

들판을 가득 채운,
금빛 향 날 것 같은 열매들조차
푸른 유황불로 남김없이 태웠다

끝 모르게 이어지는 어두운 순환,
넋이 떠난 무덤같이
황폐해진 머릿속 위태한 경계에서

쨍그랑, 폭풍우가 몰아치고
그는 사납게 넘어져 검은
거울 조각으로 변했다

꿈은, 몹시 생생했다

해가 지고

산문 안으로
붉은 노을이 걸어오는 게 보였다

IV

파랑 고래

어미 고래가 아기를 찾아 다니다
갈라진 물길에서 되돌아간걸
바닷바람이 달려와 일러주었다

조그만 도화지 바다,
신비로운 파랑을 꿈꾸던 바다
고래를 그리던 나도 파란색이었을까
낯선 곳에서 맴돈 수많은 날
저 액자 속 아기 고래는
얼마나 많이 아득했을까

솔숲 언덕에 남아 있는 집,
바다가 지키는 그곳은
더덕더덕 기운 길 따라
파랑 고래를 안고 가야 한다

물길 평안히 숨 고르고 있을 때쯤
아기 고래와 난
바다로 가는 기차를 타고

우리가 태어난 그곳으로 가
해풍 가득한 마루에 나란히 앉아
우리들의 젊은 어머니를 기다리다가
오래 기다리다가

돌아오는 길은 잃어버려야 한다

어머니의 뜰

다시 새벽, 나직한 말소리가 밤사이 꽃 핀 뜰에 머물다 간다 미처 적어두지 못한 이야기를 그물이 안은 바람처럼 흘려보낸다

어머니가 지켜온 화신의 뜰을 뿌리쳤다 꽃의 파장 알지 못한 채 자유를 가장한, 먼 세계로 달아났다 꽃의 말은 들리지 않았다 미지의 어떤 곳이 어머니의 뜰 같을까 어두운 곳에서 흐르는 강물이 앞을 보지 않고도 먼 곳으로 가듯 아무렇지 않게 떠난 길은 겨울 지난 후 바로 겨울이 온 것처럼 춥고 사나웠다 제자리로 돌아갈 수 없는 지금에야 그 둥근 화원의 깊이를 가늠해 본다 바람 잦아든 몽유의 화원, 나를 부르던 목소리 지금도 또렷한데 어머니의 그늘 떠나 그물을 통과한 바람 같이 세상 들판을 쏘다녔었다

울타리도 없는 삭막한 하늘가, 조그만 뜰에 혼을 가두고 어머니처럼 화신을 지켜보려는 내가 잠시 슬프다

배경

보랏빛 해국 길 따라
차가운 바람이 파도를 넘어오면
온전히 나를 지켜주던
어머니 붉은 목소리

먼 나라에서 돌아온 제비처럼
가느다란 줄 위 지친 울음으로 흔들거릴 때
따뜻한 집 지키고 기다려 준
봄날의 어머니

잔물결로 일렁이는 보리밭
초록 배경에서 웃고 있는 어머니를,
사진첩에 숨은 어머니를 찾아내고 싶은데
좀체 보리밭을 만날 수 없다
어머니의 배경, 만날 수 없다

노을

먼 곳에서 왔습니다 저녁 강 거슬러 집으로 돌아오는
물고기를 따라왔습니다 이곳에서 당신이 나를 보았기
때문에 집으로 돌아갈 길을 잃었습니다 결 없는 바람이
넓게 지나가고 가끔 우는 소리가 들리고 물고기들은 다
시 어디론가 가 버렸지만 당신을 보아버렸기 때문에 나
는 돌아갈 수 없습니다

징검다리도 없는 강가, 내게 맴도는 당신은 눈물입니
다 당신은 노을입니다

생명의 빛*

　그때 아버지는 창호에 몰려온 햇빛과 함께 오래 서 있었다 갯마을 푸른 물결 안에서 햇빛은 더 오래 반짝거렸다 풀벌레조차 숨죽이고 세상 모든 동경憧憬이 정지되는 찰나, 맨발의, 옷을 입지 않은 빨간 아기가 빛 속에서 아장아장 걸어 나왔다

　일 년 중 한 열흘 기쁘리라 생각하고 어머니의 땅에 벚나무 한 그루 심었다 눈앞 환한 봄날, 푸른 밤이 아주 가까운 곳에 왔을 때 나는 벚나무 어깨에 몸을 걸쳤다 달이 손끝에 잡힐 듯 가지 위로 내려왔다 천지가 활짝 개고 눈 부신 빛이 꽃 이파리 사이 사뿐사뿐 춤추는 게 보였다

　나는 어머니의 정결한 빛, 생명의 빛에서 나왔다 시간이 흐르고, 아버지에게 이토록 아름다운 이가 내 어머니였구나 하고 말했다 나는 어머니라는 꽃에서 어머니의 무릎을 밟고 아장아장 걸어 나왔다 내가 벚꽃 잎속에서 본 것은 어머니가 보내온 빛이었다

그 빛은 언제나 모든 곳에 있었다

* 시편 56장 13절 중에서

숲이라 부를 수 없는

　너는 얼마나 많은 이야기를 가지고 있을까, 크기는 얼마나 될까, 어릴 적 우연히 너의 존재를 알았을 때 너는 너무 차갑고 거만했지 그러나 그 시간으로 돌아가고 싶어 사월의 꽃들이 물소리를 밀고 올라오던 옛 언덕으로 다시 가고 싶어

　공기가 말라 네 몸 시들고 있을 때 허수아비처럼 삐딱한 모자를 쓰고 같이 헐떡이고 있을게 잔기침이 나오고 목에서 걸리적거리는 소리가 들려,

　너는 너무 많은 생명을 거느리고 있어, 그런데 모두가 아파! 큰 불덩어리가 굴러다니는 사막에 갇혀 있는 것 같아 너는 오래오래 살아 산 만큼보다 더 많이 괴로워해 줘 바람 부는 길 따라가지 않아 나의 흔적 찾을 수 없다 해도 내게 숨을 주지 않으면 안 돼!

　어항 속 산소기가 춤추는 물을 얼어 마시고 싶었어 아무리 기다려도 정화淨化는 오지 않고 갈증은 아주 길게 가더군 침을 삼키다 삼키다 몸속 물도 아주 말라버리는 줄 알았지 가시광선 안 너의 색깔만으로 충분했는데 허파에 딴 바람이 들이 제대로 볼 수 없었어 미워지더라도, 그러나 미워하지 마!

곧 가을이 저물 텐데 어쩌나 우리 모두 쓸쓸해질까 네가 죽고 살 수 있는 나는 없어 만약 너를 숲이라 부를 수 없는 날 오면 모든 기도 한꺼번에 쏟아놓고 말문 닫을 거야,

아플 때마다 네가 고통이 없이 생산했던 순결한 산소를 다시 먹고 싶어!

불면증

저녁 비 그치고
하늘 한쪽 환해질 때
빛은 위로부터 온다는 생각

땅에서 빛이 솟아나는 걸 본 적 없고
처음 내 사랑도 하늘로부터 온 것 같고

폴짝,
어린 해가 머리 위에서 뛰어내리는 순간
우린 어른이 되었을까

점점 뜨거워져 손도 댈 수 없는
빨간 해가,
아! 그 해가 영원히
하늘에 있을 거라는 생각

점점 더 멀어지는 빛을 잡으려는,
꼬리를 물고 무작위로 나타나는 생각에 잡혀
밤의 여정 길다 어쩌면

첫사랑도 잊고
첫사랑이 다녀간 길도 잊고
해가 뜨든 비가 오다 말든 그냥
오래 잠들고 싶은 병

산으로 가요

사방에서 봄이 오네요
마른 낙엽 헤치고 우리 산으로 가요
보랏빛 꽃길엔 햇빛도 투명하죠
노래를 부르듯 꽃들을 불러요
현호색 노루귀에 탄성도 질러요

아주 작은 대답이 들리나요
아주 작은 바람 소리 들리나요
산 깊은 곳
꽃이 사는 길 끝까지 따라가요

낯익은 하루하루
어린 날의 환상은 저물어 가는데
저 꽃들은 해마다
다시 태어나고 있죠
우리 잠깐 꿈을 꾸고 있었을까요
우리 잠깐 돌아갈 길 잃었을까요

사월 바람 따라 산으로 가요 거기

우리가 기억하는 수많은 탄성이 있죠

젖고 바래진 나뭇잎 아래
각시붓꽃 조개나물 할미꽃이 있어요
조그만 태양도 함께 나와 있어요

행복

새벽잠 어렴풋할 때
깨기 싫어 뒤척일 때

문득 떠오른
오늘 공휴일이란 생각
안도하고 다시
깊은 잠에 빠졌다

덤으로 꿈도 꿨다

천국에서 엄마 아빠가 달려오고
끝없는 꽃길 지나
택배 상자도 들어오고

깜짝! 상자 속에서
네가 튀어나왔다

그리할지라도

만일, 사람마다 마음속 오솔길이 하나씩 있다 해도 그 마음 열어보지 않고는 다른 사람이 그 길을 찾을 수 없다 지인지면불지심知人知面不知心, 어떤 사람의 얼굴을 잘 안다 해도 마음은 알 도리 없고,

그의 눈가 그렁그렁한 눈물 까닭을 곁에서 같이 눈물 흘려보아도 잘 알 수 없다 그는 나의 속을 모르지만 모르는 이유를 둘 다 알 수 없다 "당신만큼 나도 아프다"고 말해도 서로의 아픔을, 그 깊이를 알 수 없는 게 사랑하는 타인이다

미생지신尾生之信이라 했다 우매하지 않은 믿음은 처음부터 안갯속이었을까

벚나무 곁에 선 소나무처럼 조화로운 풍경 안에 있다한들 두 나무는 다르고 내가 천만 가지를 생각하면 당신은 나와 다른 천만 가지 생각을 가지고 있지 않은가 사랑이 아무리 깊다고 해도 내가 맞은 화살로 당신이 아프지는 않다

차라리 내가 아팠더라면 하는 짧은 시간이 지나면 자신을 더 사랑하는 당신은 모든 사람 사랑이 다 이기적

이라는 거룩한 결론을 내리게 되고
  부득불 내 목숨보다 더 사랑한다고 거짓말을 잘하게
되는 건 아주 이상한 일도 아니고

첫사랑

그는 첫사랑을 떠나보냈다 찔레 향 그윽한 봄날이었다 무채색으로 변한 그의 동공에 남은 알 수 없는 이별,

이별은, 너무 어렸다 세상은 맥없이 정지되었다 오장조차 미숙한 채 어른이 될 것 같았다

가슴속 허기가 몰려올 때 그는 죽은 이의 이름을 되뇌었다 새벽은 그와 함께 깨고 밤은 그와 함께 잠들었다 사랑의 형체는 어디에도 없었다 아내는 허상일 뿐, 바람만 드나드는 그의 뜰엔 늘 찔레 향의 시간이 찾아왔다

그는 자주 첫사랑의 이름을 불렀다 쉰 목소리 마디마디 그 이름은 보석처럼 박혀 빛났다

가볍고 환한 걸음,
찔레, 찔레 향, 그 그늘 아래
숨길 수 없는 이름과 아프지 않은 상처,
행복한 일생을 묻어둔 채

그는
조용히 세상과 작별했다

고요한 정원 2

애써 묻어주지 않아도
흙빛으로 삭아가는 낙엽 위로
적막하게 내리는 눈, 거기
소복이 웃고 선 아버지

이월의 차가운 공기는
오래된 정원 작은 동산에
불면의 시간을 쌓고
차곡차곡 흰 눈을 받아 쌓고

위태로운 밤을 지나
위태로운 여러 길 지나
투명한, 바람 같은 딸을 낳기 위해
세상에 태어난 아버지, 내 환희의
커다란 아버지는

아름다운 정원 어딘가에
따뜻한 나의 태를 묻었으리
그리고 조용히 고개 숙였으리

허공에 접어둔 건 무슨 약속이었을까
하염없이 내리는 눈 속
저 정원 오래된 꽃나무 아래
저 정원 오래된 바람 아래

아직도 나의 태는
고요히 숨 쉬고 있으리

풍경

풍경은 이야기다
풍경은 늘 새롭지만 변하지 않는다
풍경은 사람들이 만든 문제를 사라지게 하고
사라진 것들을 떠올리게 하는 가시광선可視光線이다
풍경은 사소한 모든 것들로부터
커다란 역사의 안위安危를 기억하게 한다
풍경은 우주 속에 담겨있는 사물, 그
끝과 끝을 적어내고 있는 선명한 일기다
풍경은 광경이 아니라서 아름답다
풍경은 어울렸다 떨어지는 눈물이고
나비이고 꽃잎이고 바람이다

풍경은 거룩한 미소다

구해줘

훌쩍훌쩍, 이 참한 가을볕 속, 눈물이 빨리 말라 내가 운 흔적 아무에게도 보여줄 수 없다 커다란 지도 위에서 내가 살아온 만큼만 춤을 추며 걷겠다는데 한 사람도 땅을 발로 차 박자 맞춰주는 이 없다 그래서 눈물이 난다

지구를 둘러보지 않고 우주로 떠날 수는 없어 호생지물好生之物처럼 아무 데나 굴러다니며 잘 살아왔는데 반짝이는 돌 한 개를 손바닥에 놓고도 훌쩍거렸다 감동이 아니라 비애였을까 고압 상태 기체가 폭발하듯 터져버린 울음은 아프지 않고 시원하지만, 내가 왜 자주 우는지 아무에게도 설명할 수 없는,

모든 것들의 어머니가 될 나이에 나는 아직 푸른 나뭇가지 손에 든 아이 같아

설레다가 울고 바늘에 찔려도 울고 슬프지 않은데 눈물이 흐른다

"눈물 속에서,
누구든 날 좀 구해줘!"

불의 상처를 위로하소서
—어느 봄날의 기도

평온한 쉼으로 이어지는
저녁 풍경을 허락하소서
낮은 지붕들과
그 위로 맴도는 연기같이
화염에 타던 분한 시간 승화한 연기같이
말갛게, 아무렇지 않게,

굳이 피 흐르는 상처 들추어
치료하지 마시고
스스로 아물 수 있는 시간 허락하소서

희고 검은 연기의 혼돈을 위로하고
화염을 거두어 간 붉은 손이
희망이 될 거란 헛소문을 위로하고
근심의 남은 뿌리 함께
상처의 시간도 덮어주소서
불탄 나무는 화염이 식은 자리에서
울고 있더이다

죽은 시계처럼
시간이 멈춘 자리는 아무 데도 없나이다
그러니 상처의 시간 지날 때는
무언가를 표식으로 남기지 말아주소서
누구에게도 보이지 않게
불탄 흔적 지우겠나이다
상처를 지우겠나이다

음악이 환기하는
생의 정결淨潔과 황홀

이숭원(문학평론가, 서울여대 명예교수)

음악이 환기하는 생의 정결淨潔과 황홀

이숭원(문학평론가, 서울여대 명예교수)

1. 유토피아와의 만남

청명한 가을이 왔지만 세상의 파란은 여전히 가파르다. 아무리 화합과 이해를 호소해도 세상의 갈등은 가라앉지 않는다. 이처럼 번민 많은 세상에서 정유정 시인의 시를 읽는 것은 눈물겨운 기쁨이고 하나의 축복이다. 정유정의 시는 근원적으로 평화와 안식을 노래한다. 부드럽고 상냥한 해변의 미풍을 꿈꾸고 환하게 닦은 창 너머로 눈부신 꽃들이 피어나기를 희구한다. "고귀하고 소중한 신뢰"(「해변의 미풍」)가 끝까지 이어져 믿음의 세상이 영구히 펼쳐지기를 소망한다. 저녁에 별이 뜨면 나란히 산마루에 앉아 "아름답고 찬란한 내일의 꿈을 기다리는 것"(「별 5」)을 일과로 삼고자 한다. 참으로 고귀한 정념이다.

그렇다고 그의 내면에 아픔과 시련이 없는 것이 아니

다. 남에게 다 털어놓지 못할 상처의 시간이 은밀히 내장되어 있지만, 그는 그것을 직접 발설하지 않고 음악과 기도의 힘으로 다스려 아름다운 소망의 음역을 펼쳐 내는 일에 전념한다. 참으로 순결한 서정이다.

나는 정유정 시인의 시를 읽으며 요한 볼프강 폰 괴테(1749~1832)의『파우스트』가 생각났다. 괴테 필생의 역작『파우스트』제1부가 출판된 것은 1808년 괴테 나이 59세 때였다. 20대부터 구상한 이 작품의 1차 완성본이 육십을 앞둔 나이에 출간된 것이다.

세상의 모든 지식에 통달했으나 공허감에서 벗어나지 못한 파우스트 박사가 주인공이다. 그를 두고 신과 악마 메피스토펠레스가 내기를 벌인다. 신은 메피스토펠레스의 파우스트 유혹을 허락하며 "인간은 노력하는 한 방황하는 법이니까"라는 유명한 대사를 남긴다. 파우스트에게 접근한 메피스토펠레스는 파우스트가 내건 조건을 수락하고 그를 도와주기로 계약을 맺는다. 그 조건이란 파우스트가 어느 순간에 대해 "멈추어라! 너 정말 아름답구나!"라고 말하게 되면 기꺼이 죽음을 맞겠다는 것이다. 파우스트의 이 말은 제1부 그레트헨 비극이 끝날 때까지 나오지 않는다.

그로부터 23년의 세월이 흘러 괴테가 세상을 떠나기 일 년 전인 1831년『파우스트』제2부가 완성되었고 출판은 유언에 따라 사후에 이루어졌다.『파우스트』2부

끝부분에서 파우스트는 군중들이 자유롭게 함께 노동하는 장면을 상상하며 "멈추어라! 너 정말 아름답구나!"라고 말하고 쓰러진다. 괴테는 제1부 서두 부분에 제시했던 이 말의 구조적 완성을 위해 이십여 년의 세월을 보낸 것이다. 참으로 놀라운 창조 정신의 성취라고 하지 않을 수 없다.

자신의 영혼과 육체를 다 내주어도 좋은 황홀한 순간. 그 순간을 위해서라면 인간은 악마에게 자신의 모든 것을 다 내줄 수 있다고 했는데, 그 순간은 어떠한 상태일까? 파우스트에게는 그 순간이 군중들이 자유롭고 즐겁게 행복을 위해 노동하는 장면으로 암시되었다. 사람은 누구든 상상 속에서 자신의 영혼과 육체를 바쳐 이루고 싶은 이상향이 있을 것이다. 그 황홀한 순간을 위해서라면 악마의 도움도 받을 수 있다고 괴테는 상상했다. 파우스트가 상상한 절대의 차원은 아니지만, 사람이 예술을 창조하고 시를 쓰는 것도 그런 이상적 순간의 황홀경을 위한 것인지 모른다. 그래서 나는 정유정 시인의 시에 나오는 이상적 상태도 그런 유토피아 체험의 한순간이라고 상상하기로 했다.

2. 어머니의 상징과 기도의 능력

시인은 시집을 다음과 같은 「시인의 말」로 시작했다.

가을이 창 앞에 와
붉은 손 내민다.
저 손 잡으면
내 아이(詩)들도
온 산 물들일 수 있겠다.

산 안에 계신
어머니께 바친다.

가을이 붉은 손을 내민다는 것은 단풍이 물든 가을 산과 하나가 되기를 바라는 마음의 표현이다. 여기 나오는 아이들과 어머니는 실제 삶 속의 아이들과 어머니일 수 있겠지만, 그것을 넘어서서 주변의 모든 존재가 아름다운 자연과 하나가 되기를 바라는 소망을 나타낸 것으로 읽을 수 있다. 자신이 길러낸 크고 작은 물상들이 가을의 아름다움과 하나가 되고, 자신을 길러내고 보살핀 어머니 같은 존재들도 모두 가을의 혜택을 입는 그러한 이상 상태를 시집 머리에 그려본 것이다. 모성 母性은 모든 예술의 근원적 동력이다. 어머니 같은 희생

적 사랑이 없으면 예술은 잉태될 수가 없다. 그러니 "산 안에 계신 어머니"가 실제 어머니의 유택을 암시한 것이라 하더라도 그것은 예술 창조의 근원을 형상화한 것이라고 할 수 있다. 정유정 시인의 시에 '어머니'라는 시어가 아주 많이 나오는데, 이것은 모성에 대한 시인의 지향이 그만큼 강렬하다는 사실을 드러낸다. 그의 모성 지향이 가장 집약적으로 응결된 작품을 인용해 보겠다.

다시 새벽, 나직한 말소리가 밤사이 꽃 핀 뜰에 머물다 간다 미처 적어두지 못한 이야기를 그물이 안은 바람처럼 흘려보낸다

어머니가 지켜온 화신의 뜰을 뿌리쳤다 꽃의 파장 알지 못한 채 자유를 가장한, 먼 세계로 달아났다 꽃의 말은 들리지 않았다 미지의 어떤 곳이 어머니의 뜰 같을까 어두운 곳에서 흐르는 강물이 앞을 보지 않고도 먼 곳으로 가듯 아무렇지 않게 떠난 길은 겨울 지난 후 바로 겨울이 온 것처럼 춥고 사나웠다 제자리로 돌아갈 수 없는 지금에야 그 둥근 화원의 깊이를 가늠해 본다 바람 잦아드는 몽유의 화원, 나를 부르던 목소리 지금도 또렷한데 어머니의 그늘 떠나 그물을 통과한 바람 같이 세상 들판을 쏘다녔었다

울타리도 없는 삭막한 하늘가, 조그만 뜰에 혼을 가두고 어머니처럼 화신을 지켜보려는 내가 잠시 슬프다

　　　　　　　　　　　　　　　　　　　　─「어머니의 뜰」 전문

120

시인의 의식 속에서 어머니는 늘 나직한 음성으로 꽃이 소담하게 핀 화원으로 시인을 안내한다. 그 아름다운 화원으로 들어갈 자격이 있는지 시인은 부담스럽고 조심스럽다. "그물이 안은 바람"이라는 감각적인 표현은 상황의 실상을 잘 드러낸다. 그물이 바람을 안았으니 바람은 덧없이 그물 사이를 빠져나갈 것이다. 그처럼 어머니의 말소리는 이야기의 흔적도 남기지 못하고 사라져 버린다. 젊을 때의 어느 날 시인은 어머니의 꽃 소식을 일부러 거부하고 자유의 영역으로 탈주한 적도 있었다. 그러나 그 세계는 진정한 자유의 세계가 아니라 "자유를 가장한" 세계였다. 탕아의 귀가처럼 탈주에서 돌아오는 길은 멀고 험난한 회귀의 궤적을 밟는다. 늦게서야 정처를 알 수 없는 어머니의 화원을 찾으려 하지만 꽃의 파장도 꽃의 말도 접할 수 없기에 안타까움만 더하고 춥고 사나운 겨울의 들판을 헤맬 뿐이다. 어머니의 화원은 끝내 "몽유의 화원"으로 남아 있다. 어떤 경로로 가면 그 미지의 세계에 도달할 수 있을까? 안식의 화원은 어디일까? 알고 싶고 찾고 싶지만, 시인은 "울타리도 없는 삭막한 하늘가, 조그만 뜰에 혼을 가두고" 개방과 밀폐의 이중 공간에 갈등과 고통을 느낀다. 그래도 시인은 그 슬픈 자의식의 영역을 넘어서서 어머니의 꽃 소식을 현실 안으로 옮겨 보려 한다. 그가 기울인 모든 노력의 행적이 시로 정착되었을 것이다.

성서의 가르침을 따르는 시인은 수난의 시간 속에서도 간절한 기도를 멈추지 않는다. 기도가 그의 시이고 시가 곧 그의 기도다. 기도 없이 그의 실존을 유지한다는 것은 상상할 수 없는 일이다. 그의 간절하고 헌신적인 기도가 여과 과정 없이 투명하게 드러난 작품이 여기 있다.

평온한 쉼으로 이어지는
저녁 풍경을 허락하소서
낮은 지붕들과
그 위로 맴도는 연기같이
화염에 타던 분한 시간 승화한 연기같이
말갛게, 아무렇지 않게,

굳이 피 흐르는 상처 들추어
치료하지 마시고
스스로 아물 수 있는 시간 허락하소서

희고 검은 연기의 혼돈을 위로하고
화염을 거두어 간 붉은 손이
희망이 될 거란 헛소문을 위로하고
근심의 남은 뿌리 함께
상처의 시간도 덮어주소서

불탄 나무는 화염이 식은 자리에서
울고 있더이다

죽은 시계처럼
시간이 멈춘 자리는 아무 데도 없나이다
그러니 상처의 시간 지날 때는
무언가를 표식으로 남기지 말아주소서
누구에게도 보이지 않게
불탄 흔적 지우겠나이다
상처를 지우겠나이다
　　　　　―「불의 상처를 위로하소서」 전문

　이 기도 시편에 그의 소망과 염원이 풍성하게 담겨
있다. 우리는 정성을 다해 이 시를 읽어야 한다. 시인은
우선 평온한 안식을 소망한다. 화염에 타던 홍분의 시
간이 가라앉은 후 만물을 잠재운 연기처럼 말간 대기가
펼쳐지기를 소망한다. 상처가 스스로 아물어 아픔이 사
라지고 근심의 뿌리마저 사라진 말끔한 자연이 이루어
지기를 바란다. 중요한 것은 아무런 표식도 남기지 않
는다는 점이다. 불탄 흔적이나 상처가 남으면 그것은
과거의 고통을 떠올리는 계기가 된다. 진정한 평화란
불탄 흔적도 상처도 남기지 않고 아무 일 없었던 것처
럼 말끔한 가을 하늘의 청명한 표면이 이루어지는 상태

다. 그의 시 「찔레」에서 노래한 대로 찔레의 꽃잎 주변에는 가시가 많다. 아름다움의 배면에 이렇게 많은 상처가 도사리고 있다는 것을 우리는 알고 있다. 그러하기에 날카로운 가시 끝에도 온화한 바람이 불어 찔레의 꽃을 부드럽게 만져주기를 소망한다. 그것이 평화를 갈구하는 기도의 본질이다. 파우스트가 바란 황홀한 멈춤의 시간도 바로 그러한 것이리라.

3. 음악의 환상적 구조

멈추라고 요청할 정도로 숨 막히는 극치의 순간은 시인에게 음악이 환기하는 환상의 선율에서 온다. 음악은 인간 영혼을 신의 영역 가까이 이끌어 주는 예술이다. 그래서 아르투어 쇼펜하우어(1788~1860)는 음악이 어떤 표상에 의존하지 않고 인간의 의지 자체를 그대로 드러내기 때문에 모든 표상 예술이 음악을 동경한다고 말했다. 음악은 우리의 영혼에 직접 충격을 가해 영혼을 거룩한 차원으로 직접 이끌고 간다. 정유정 시인의 의식을 주도하는 가장 큰 힘은 신앙이요 두 번째 견인력은 음악이다. 음악의 시가 여러 편이 있는데, 중요한 의미를 담은 한편을 소개한다.

눈을 감고,
빗소리를 듣고 있었을 뿐이다
쇼스타코비치의 왈츠를
듣고 있었을 뿐이다

끊임없이
냇물 위로 떨어지는 빗방울 따라
춤추며 걸으며 바다로 왔다

파도는 지금도 맨발,
새빨간 노을에 잠긴 채
파도처럼 춤추며 바다로 왔다

바다는, 그래
이리 먼 곳에 있었지

출렁거리며
간간이 끊어지는 춤
물끄러미,
바다로 가는 기차도 멀어지고,

어디서 찾아야 할까
신기루처럼 사라진 푸른 숨

점점 작아지는 빗소리
　　　―「바다로 가는 춤」 전문

'바다로 가는 춤'이라는 제목부터가 상징적이다. 그 말은 인간의 운명을 상징한다. 드미트리 쇼스타코비치 (1906~1975)는 러시아의 음악가로 19세 때 첫 번째 교향곡을 작곡하여 연주함으로써 단번에 전 세계의 주목을 받았고, 세상을 떠나는 날까지 그 명성을 유지했다. 그는 현대 음악의 여러 경향을 수용하여 새로운 스타일의 곡을 만들었는데, 이로 인해 사회주의 리얼리즘 운동이 전개되던 당시 소련 사회에서 비판을 받기도 했지만, 시대에 맞는 작품으로 전환하여 소련에서도 인정받는 작곡가가 되었다. 15편의 교향곡 외에 현악 4중주곡, 피아노 협주곡, 기악곡, 발레 음악 등 많은 명작을 남겼다. 특히 쇼스타코비치 왈츠 2번은 대중적으로 유명해서 많은 영화의 배경음악으로 사용되었다. 한국 영화 〈번지 점프를 하다〉에 사용되었고, 외국 영화 〈안나 카레니나〉, 〈아이즈 와이드 셧〉 등에 활용되었다. 이 시도 쇼스타코비치의 그 왈츠 곡을 전제로 착상된 것 같다.

시인은 눈을 감고 빗소리를 듣고 있다고 했고 그것을 다시 바꾸어 쇼스타코비치의 왈츠를 듣고 있다고 말했다. 빗소리를 듣는 것이나 쇼스타코비치 왈츠를 듣는 것이나 감각과 인식의 차원에서는 차이가 없음을 암시한 것이다. 쇼스타코비치 왈츠 곡의 환상은 끊임없이 냇물 위로 떨어지는 빗방울을 따라 춤추며 걸으며 바다로 오는 것으로 이어진다. "파도는 지금도 맨발"이라는 이미지는 쇼스타코비치 발레곡의 무대를 연상시키며 도발적 이미지로 작용한다. "새빨간 노을"은 맨발로 춤을 추는 도발적 이미지를 한 단계 위로 상승시킨다. 바다로 가는 길은 멀고 그 먼 길의 무대 위에 맨발 춤과 붉은 노을이 쉬지 않고 이어진다. 참으로 황홀한 장면이다. 파도와 결합한 춤의 선율은 파도처럼 출렁이다 간간이 끊어지고 바다로 가는 기차도 멀리 사라지고 생명의 푸른 숨도 신기루처럼 사라진다. 모든 장면이 실루엣처럼 희미하게 사라지면서 빗소리도 점점 작아지는 것으로 시가 마무리된다. 시인은 눈을 감고 쇼스타코비치 왈츠곡 선율에 의지하여 환상의 춤을 그려내고 그 내용을 시로 재현한 것이다. 그래서 이 시의 영상은 소리와 음악과 파도와 바다와 기차가 어우러진 환상의 만화경을 펼쳐낸다. 음악의 선율이 끝나면 환상의 장면은 신기루의 환영과 잦아드는 빗소리의 음영으로 마무리된다. 영혼에 직접 자극을 주는 음악의 구성이 시의 언어로 환치된 독특한 작품이다.

시인의 음악 지향은 다음 시편에서 조금 다른 각도에서 다시 한번 시도된다.

—심오해지지 않으면
베토벤은 귓전 스치고 지나가는
바람일 뿐이라고,

끝없는 몽상 속
환희의 악보는 무더기로 살아난다
정교하게 건져 올린
수천 조각, 빛이 두드리는 완전한 세계

아마도 달의 변신이었을 것
루체른 호수의 변신이었을 것
범람하는 달빛으로 푹 젖은
차마 젊은 남자여,

후일의 슬픔이
그의 청춘 위에 미리 와 있었을지라도

아무도 넘지 못할 빛에 취해
끝없이 두드렸을 피아노포르테

심오해지지 않아도
질기고 완곡婉曲한 숨소리 들린다
무심한 시간 다스리는,

달의 숨소리 들린다

—「월광」 전문

　이 시는 베토벤의 피아노 소나타 14번 '월광'을 소재
로 했다고 시인이 주를 달아 밝혔다. 이 곡은 베토벤
의 피아노곡 중 가장 많이 알려지고 대중의 사랑을 받
는 곡이다. '월광'이라는 이름은 베토벤이 사망한 후 음
악평론가 루트비히 렐슈타프가 1악장의 분위기를 달
빛 비친 루체른 호수의 정경에 비유한 데서 유래하였
다. 곡의 흐름은 단순하면서도 우아하고 소박해 보이면
서도 깊이가 있다. 일정한 리듬이 되풀이되면서 고요
와 격정이 교차하는 음의 연속은 월광의 아름다움을 적
실하게 그려낸다. 시인은 베토벤의 이 음악을 제대로
이해하기 위해서는 심오해져야 한다고 주석을 달았다.
"정교하게 건져 올린/수천 조각, 빛이 두드리는 완전한
세계"는 이 곡의 핵심을 요약한 구절이다. 달빛의 부서
짐은 수천 조각으로 분해되어 정교하게 반짝이는 것 같
지만 그것이 통합되면서 완전한 빛의 통일체로 수렴된
다. 음악은 몽상의 끝없는 연속과 같아서 피아노의 선
율에 따라 신비로운 음악의 환상은 무한히 펼쳐진다.
호수와 달빛의 아름다움에 취하여 훗날 사랑의 슬픔에
몸살을 앓는다 해도 한 젊은 남자는 달빛의 환상을 음
악의 선율로 창조할 수밖에 없다. 그것이 시의 운명이

고 음악의 운명이다.

모든 예술은 현재의 아름다운 환상 안에 미지의 세계를 창조하는 행위다. 미지의 세계가 슬픔과 비탄으로 종결된다 해도 오늘 창조한 아름다움은 영원하다. 훗날 비탄과 고통이 닥친다 해도 오늘의 사랑은 황홀하다. 모든 사랑은 부질없지만 사랑의 흔적은 불멸의 미학을 남긴다. 이런 사랑의 진실을 이해하게 되자 베토벤 음악에 대한 엄격한 통제력이 완화된다. 심오해지지 않으면 베토벤 음악의 진수에 다가가지 못한다고 앞에서 말했지만, 이제는 심오해지지 않아도 베토벤의 숨소리가 들리고 "무심한 시간 다스리는 달의 숨소리"까지 들린다고 말한다. 베토벤의 아름다운 피아노 선율이 이어지자, 마음의 여유가 생기고 너그러운 기류가 형성된 것이다.

4. 서정의 황홀한 승화

이러한 마음의 여유는 시인이 인생 역정에서 겪은 고뇌와 번민이 사랑으로 승화되는 과정을 연상시킨다. 그런 점에서 위의 시는 베토벤 음악의 선율과 시인 자신의 흔들리는 내면을 감정의 파동을 통해 감각적으로 표현한 뛰어난 작품이라고 할 수 있다. 시인은 자신의 내

부에 놓인 사랑의 고뇌와 아픔을 완전한 빛의 세계로 승화시키고자 한다. 그러한 생의 모순 인식과 고뇌의 파장은 사랑의 경건함으로 상승한다. 모순의 인식은 화해의 소망으로 이어지고 생의 갈등은 평화의 불빛으로 전환된다. 시인은 자기 내면에 출렁이는 세상의 무한한 파동들을 음악의 감성으로 순화하여 평화의 빛으로 포용하고 진정한 자유를 찾으려는 기도의 정결함으로 승화시켰다. 현실에 바탕을 두면서도 현실을 초월하여 이상의 세계를 지향하는 시인의 서정은 사랑과 화해와 융합하면서 불멸의 영혼을 꿈꾸게 된 것이다. 이것은 진정으로 축복받을 일이다.

　시와 음악은 가장 밀접한 친연 관계에 있다. 인간 영혼을 리듬 있는 언어로 표현하는 시는 형이상학적 사유도 감성적 환상으로 바꾸어 표현하는 능력을 발휘한다. 정유정 시인은 음악과 신앙의 정결함에 바탕을 두고 대상에 대한 의식을 조정하고 융합하여 자신의 언어로 시를 엮어 갔다. 시인이 마련한 현상학적 장 Phenomenological field이 작품마다 다르기 때문에 작품에 따라 의식의 방향은 달리 나타날 수밖에 없다. 시를 쓰는 순간 그 현상학적 장에 마음의 화학 변화가 일어나기 때문에 결과적으로 응결된 시의 실물은 시인의 일상적 의식을 초월한다. 그 초월의 도정에서 파우스트가 경탄한 놀라운 경이의 순간을 체험할 수도 있다. 여기서 분명히 말할 수 있는 것은 시를 쓸수록 대상을 바라보는 눈길이 깊어지고 깊어진 눈길만큼 정신의 감도가 상승한다는 점이다.

정유정 시인은 그러한 상상력의 구성과 언어의 창조에 성공했다. 지금까지 정유정 시인은 세 권의 시집을 내면서 문학적 감도와 상상력의 파장이 원심적으로 상승하는 과정을 밟아 왔다. 진화의 이력을 바탕으로 네 번째 시집을 내는 지금 시인의 공력은 균질적으로 더욱 밀도가 높아졌다. 그만큼 시인에게 거는 기대가 크고 독자들의 기대감도 깊어졌다. 이러한 기대의 자장이 더욱 넓게 확대되어 미래를 향한 시인의 시심이 무한히 펼쳐지기를 마음 깊이 소망한다. 시심의 날개가 비상하는 저편에 찬란한 시의 새벽이 기다리고 있을 것이다.